Libérer SULLY

Préquel de POUR L'AMOUR D'UN WHISKEY

Les Whiskey : Les Dark Knights du Ranch Rédemption

MELISSA FOSTER

Note aux lecteurs

Il s'agit du préquel de POUR L'AMOUR D'UN WHISKEY, détaillant l'évasion de Sullivan « Sully » Tate du complexe de Free Rebellion. J'ai écrit son évasion en 2013 et j'ai attendu près d'une **décennie pour que le bon héros apparaisse. Dès que j'ai rencontré Callahan « Cowboy » Whiskey**, j'ai su qu'il était le seul homme pour elle. Bien que vous ne rencontriez pas Cowboy dans ce préquel, vous le rencontrerez dans POUR L'AMOUR D'UN WHISKEY. Je suis ravie de pouvoir enfin offrir à Sully un bonheur éternel avec la famille Whiskey dans la série Les Whiskey: Les Dark Knights du Ranch Rédemption.

Si vous souhaitez lire mes romances contemporaines et sexy, sachez que tous mes livres sont écrits pour être lus de manière individuelle et peuvent également être appréciés dans le cadre d'une série plus large, alors plongez-y et profitez de cette aventure.

Téléchargez les premiers tomes de mes séries en eBooks

www.MelissaFoster.com/free-ebooks

Pour en savoir plus sur la collection complète Love in Bloom

www.MelissaFoster.com/amour-sublime

Téléchargez les informations sur mes séries, les arbres généalogique et le planning de mes futures publications

www.MelissaFoster.com/reader-goodies

N'oubliez pas de vous abonner à ma newsletter pour ne manquer aucune future sortie

www.MelissaFoster.com/Francaise-news

FAIRE SES ADIEUX

SOIS FORTE. Sois *forte*. Être *forte*.

Dans la vie de Sullivan "Sully" Tate, il y a eu de nombreux moments où elle avait souhaité que quelqu'un d'autre puisse être fort à sa place, et c'était l'un de ces moments-là. Malheureusement, cela n'avait jamais été le cas, alors elle s'était accrochée à la main de son meilleur ami Ansel, puisant dans sa force tout en mémorisant chaque tache de rousseur, chaque mèche de cheveux bruns en désordre, et les mouvements intermittents du côté droit de sa bouche. Le côté gauche de sa bouche était paralysé depuis sa naissance, lorsqu'il avait été victime d'une crise d'épilepsie qui avait également rendu sa main gauche malhabile mais fonctionnelle. De doux rappels qu'il n'était pas aussi inébranlable qu'il se l'imaginait.

Sully appuya sa tête contre son torse étroit et ferma les yeux. Il était ce qui se rapprochait le plus d'un vrai frère à ses yeux. Comment survivrait-elle sans lui ? *De qui me moqué-je ? Comment vais-je survivre après m'être échappée ?*

Cette pensée était accompagnée d'un poids écrasant.

S'accrochant à sa main, elle recula d'un pas, essayant de repousser ces sentiments, et jeta un coup d'œil autour de la caravane qui les protégeait des regards du reste des membres de Free Rebellion. Elle scruta l'enceinte lugubre pour ce qu'elle espérait être la dernière fois, observant les foyers remplis de cendres entourés de souches renversées, les auvents déchirés et les bâches suspendues au-dessus des tables en bois usées par les intempéries. Son regard se posa sur les sentiers usés qu'elle connaissait par cœur, serpentant dans l'herbe et la terre, entre les caravanes rouillées et cabossées, les camping-cars, les tentes et autres cabanes de fortune à divers stades de détérioration, jusqu'au seul bâtiment stable de l'enceinte, où ils cuisinaient et prenaient leurs repas et assistaient aux réunions de l'école et de la communauté. Le lierre et les vignes grimpaient aux coins et sur les côtés des structures, donnant l'impression qu'elles avaient jailli de la terre, comme les grands arbres qui se dressaient autour du périmètre de l'enceinte comme des barreaux de prison.

Sully regarda à contrecœur la cabane délabrée au toit noir à l'orée des bois. Le repaire de Joe Rebel. Les poils de sa nuque se hérissèrent. Quand elle était plus jeune, elle avait toujours rêvé de pénétrer dans la mystérieuse cabane du chef de leur groupe, où seules les filles *spéciales* avaient le droit d'aller. Maintenant qu'elle savait ce qui s'y passait, elle en avait la nausée.

Elle lâcha la main d'Ansel, essuya ses paumes moites sur sa jupe et regarda la quarantaine de membres de la secte radicale et contestaire, qui se pressaient autour d'elle. Il y avait des jeunes adultes avec qui elle avait grandi, des enfants dont elle s'était occupée, des femmes avec qui elle avait étudié, cultivé les jardins, cuisiné et cousu, et les hommes de main de Joe Rebel, qui aboyaient des ordres et distribuaient les punitions sévères. L'oncle de Sully, décédé il y avait quelques années, l'avait amenée au complexe lorsque sa mère n'avait plus eu les moyens de s'occuper d'elle. Elle était trop jeune pour se souvenir de sa mère, et encore moins de ces premiers jours, et Gaia, la mère d'Ansel, avait été ce qui se rapprochait le plus d'une mère. Gaia, Ansel, sa sœur Emina et certains des jeunes enfants qu'elle avait aidés au fil des ans lui manqueraient, et elle se sentait coupable de les quitter. Mais ces souvenirs doux-amers et ces émotions profondes étaient étouffés par la froideur de la colère contre la douleur et les mauvais traitements qu'elle avait subis. Cela faisait vingt-cinq ans qu'elle luttait contre ses émotions et elle était passée maître dans l'art de les contenir.

Elle y était obligée pour survivre.

— Sull, tu n'es pas obligée de faire ça.

Ansel écarta sa longue frange sombre de ses yeux mais elle se remit en place.

— Si tu te fais prendre…

Son cœur battait la chamade face à l'horreur de ces mots non prononcés. Ce serait sa troisième tentative d'échapper aux griffes de l'homme qui l'avait revendiquée comme étant sa propriété à l'âge de dix ans. Il avait utilisé son corps depuis le jour de ses seize ans et lui avait infligé des châtiments qu'aucun humain ne devrait jamais avoir à subir pendant toute sa vie. Elle ne pouvait pas se permettre d'échouer à nouveau.

— Je ne peux pas penser à ça, siffla-t-elle. Si je ne pars pas, je vais faire quelque chose de stupide.

— Et alors ? Tu fais toujours des choses stupides.

Il n'avait pas tort mais ce qu'il pensait être stupide, elle le ressentait comme juste. D'aussi loin qu'elle se souvienne, elle avait lutté pour se conformer à leur mode de vie isolé et misogyne. Elle avait un caractère bien trempé et des opinions bien arrêtées, ce qui lui avait valu de nombreuses punitions avant qu'elle n'apprenne à se taire.

— Je veux dire *vraiment* stupide, comme le poignarder dans son sommeil.

— Tu ne tuerais jamais personne.

Il avait peut-être raison mais sa haine pour Joe Rebel était si profonde qu'elle n'en était pas sûre.

Il dut lire dans ses pensées car il ajouta :

— D'accord, peut-être Joe Rebel, mais…

— Je *pars*, Ansel. Il le faut. Ta mère me l'a dit.

Gaia était sage-femme et donnait secrètement à Sully des contraceptifs depuis que Joe avait commencé à se servir d'elle. Le mois dernier, Gaia lui avait dit que ce dernier parlait de l'emmener chez une sorte de sorcier « spécialiste » en fertilité. S'ils découvraient l'existence de la contraception, Gaia et elle seraient sévèrement punies. Il n'était pas question que Sully se laisse faire, et encore moins qu'elle porte le bébé de cet homme.

— Alors, c'est vraiment la fin ? chuchota Ansel.

Elle déglutit contre la boule dans sa gorge, faisant semblant de ne pas remarquer les larmes qui mouillaient ses épais cils noirs, et détourna rapidement le regard, jetant à nouveau un coup d'œil autour de la caravane, observant le camion où Joe Rebel et deux autres hommes chargeaient des caisses et des malles qui seraient utilisées pour récupérer des fournitures à Graveston, en Virginie-Occidentale, à trois heures de route. Il avait fallu sept *longues* années après sa deuxième tentative d'évasion pour que Sully regagne le droit d'aller en ville avec eux, et c'est dans cette ville industrielle qu'elle s'évaderait. Malgré la fraîcheur de l'air de la montagne, la sueur trempait les aisselles de sa chemise en coton.

— Le camion repart dans cinq minutes ! cria Hoyt, le bras droit de Joe.

Il les accompagnait en ville.

— Tu peux changer d'avis, plaida Ansel. Dis-leur que tu ne te sens pas bien.

— *Impossible.*

Elle le serra dans ses bras, fermant les yeux pour ne pas verser de larmes et se concentra pour ne pas oublier son odeur familière et la sensation de leur étreinte.

— Sullivan, ramène-toi là ! hurla Hoyt.

Elle s'éloigna d'Ansel.

— Ce n'est *pas le moment*. Je te verrai à nouveau…

Il posa un doigt sur ses lèvres.

— Si tu réussis cette fois, tu sais que nous ne nous reverrons plus jamais, et si tu ne le fais pas…

— Tu peux venir…

— *Non*, déclara-t-il dans un murmure étouffé. Tu sais que je ne peux pas. Je ne quitterai pas Emina.

Elle savait qu'il ne le ferait jamais et elle ne lui en voulait pas, sauf qu'elle savait que si Joe Rebel voulait Emina, rien ne l'empêcherait de la prendre.

— Sullivan ! aboya Hoyt.

— Je trouverai un moyen de te revoir. Je te le promets, murmura-t-elle avec insistance. Je ne peux pas passer le reste de ma vie sans voir mon meilleur ami.

Ansel fouilla dans la poche de son jean et lui tendit une poignée d'argent.

— Ce n'est que quatorze dollars, mais au moins c'est déjà ça.

— Où as-tu trouvé ça ? chuchota-t-elle.

Elle glissa l'argent dans la poche de sa longue jupe beige.

— Si Joe Rebel découvrait que tu as de l'argent, tu aurais *beaucoup* d'ennuis.

Selon lui, l'argent crée un environnement trop compétitif et favorise le désir du gouvernement de contrôler tout le monde.

— Ne t'inquiète pas pour moi.

— Sully !

Le cri bourru de Joe retentit, lui donnant des frissons.

— Je dois y aller.

Elle se mit sur la pointe des pieds et l'embrassa sur les lèvres en espérant que ce ne serait pas la dernière fois avant de se précipiter vers le camion, sa peur grandissante engloutissant sa tristesse.

— Sull ! cria Ansel, la voix pleine de tristesse.

Elle jeta un coup d'œil par-dessus son épaule et son estomac se serra. Les cheveux hirsutes d'Ansel s'envolaient dans la brise et il levait trois doigts, leur signe pour dire *"je t'aime"* et *"ami, pour la vie"*. Elle leva trois doigts tremblants et courut vers la route avant que ses émotions ne se libèrent.

— Accroche-toi, Sully.

Le corps robuste de Hoyt se dirigea vers le camion.

Elle se dépêcha et monta à bord, suivie par Hoyt et Rebel Joe, qui était assis au volant. Elle jeta un dernier regard alors qu'ils s'éloignaient de l'enceinte et vit Ansel debout au coin de la caravane derrière laquelle ils s'étaient cachés, la regardant laisser derrière elle la seule vie et tous ceux qu'elle connaissait.

LA FUITE

SULLY NE S'ÉTAIT JAMAIS rendue compte que la peur avait une odeur, jusqu'à ce qu'elle soit coincée dans la cabine du véhicule entre Rebel Joe, avec ses cheveux noirs gras, ses joues creusées et son aura infâme, et Hoyt, un homme stoïque à la barbe hirsute qui ne prononçait rarement pas plus de deux mots. Ses jambes tremblaient tandis qu'elle revoyait mentalement son plan pour la énième fois. *Toilettes. Aération. Ne pas bouger. Courir. Fuir. Courir.*

— Qu'est-ce que tu as ? demanda Joe Rebel.

Il s'était habillé plus élégamment que d'habitude, abandonnant ses jeans usés et déchirés et ses chemises sales pour des chemises propres, comme il le faisait toujours lorsqu'il se rendait en ville.

— Je suis désolée. Je dois juste aller aux toilettes.

Et ne jamais en ressortir.

Il posa sa main sur sa jambe rebondissante, pour la calmer.

Elle retint sa respiration, craignant qu'il ne déplace sa main plus haut et ne sente l'argent qu'Ansel lui avait donné. Elle essaya de s'éloigner, espérant qu'il la lâcherait, mais il se contenta de serrer sa jambe plus fort. Sa main resta là jusqu'à ce qu'ils arrivent à Graveston. Il lui fallut tout son courage pour se rappeler de respirer. Le mantra qu'elle s'était joué dans sa tête se répétait à l'infini. *Toilettes. Aération. Ne pas bouger. Courir. Fuir. Courir.*

Le cœur de Sully battait si fort lorsqu'elle suivit Hoyt hors du véhicule qu'elle craignit de s'évanouir. Tandis que Rebel Joe et lui faisaient le tour par l'arrière, elle regarda la rue en direction du Mega Mart, où ils allaient chercher de la nourriture et des articles de toilette. Quelques portes plus loin, elle aperçut la boutique *Frank's Tackle*. Ils achèteraient d'abord leurs munitions à l'arrière du magasin et, avec un peu de chance, ils lui permettraient d'aller aux toilettes au Mega Mart.

— Allons-y, Sully.

Joe fit un signe de tête en direction du magasin d'articles de pêche, portant l'une de leurs énormes malles d'approvisionnement. Son ton n'était pas méchant puisqu'il reprenait son rôle de personnage public, ce qui lui retournait l'estomac tout autant que ses exigences bourrues.

Elle resta paralysée. C'était le moment. Sa dernière chance de liberté. Elle avait attendu ce moment pendant des années, et les flashs des dures punitions qu'elle avait endurées l'assaillaient comme des balles, rongeant son courage. Mais elle ne pouvait pas se laisser abattre, et même s'ils la surprenaient en train d'essayer de s'échapper, elle ne retournerait pas en arrière sans se battre. Elle força sa voix à sortir de sa gorge.

— Je dois aller aux toilettes.

Elle serra les genoux pour faire bonne mesure.

— Après avoir récupéré les munitions. Allons-y maintenant, l'amadoua-t-il.

Elle rassembla son courage, plaidant comme une adolescente.

— Mais il faut *vraiment* que j'y aille. Je ne pense pas pouvoir attendre. Est-ce que je peux entrer dans Mega Mart ? Je t'attendrai à la porte d'entrée quand j'aurai fini.

Un regard passa entre Hoyt et lui. Sully espéra

qu'ils la laisseraient partir mais elle savait que ses antécédents posaient problème. Joe avait une mémoire à toute épreuve.

Il regarda Hoyt et acquiesça.

Celui-ci posa la caisse qu'il transportait et croisa les bras.

— Je dois perdre mon temps avec cette merde ?

Les yeux de Joe Rebel se plissèrent.

— Nous ne voulons pas que notre amie se perde, n'est-ce pas ?

Ses mots firent frissonner Sully.

— Tu te comportes bien maintenant, tu entends ?

Joe la regarda d'un air sévère, malgré son ton plus aimable.

— J'ai juste besoin d'aller aux toilettes.

Espérant ne plus jamais revoir ses yeux verts haineux et ses lèvres minces, elle baissa son regard sur sa main droite, sur la peau déformée et mutilée à cause d'une brûlure qu'il avait subie il y avait longtemps.

— J'ai des problèmes de femmes, ajouta-t-elle pour faire bonne mesure.

Elle se dirigea directement vers les toilettes, les mains crispées, le pouls battant la chamade, avec Hoyt qui se tenait silencieusement à côté d'elle. C'est lui qui l'avait réprimandée après sa dernière évasion ratée. Elle avait vu du regret dans ses yeux mais cela ne l'avait pas empêché de lui infliger une douleur si forte qu'elle s'était évanouie et s'était réveillée avec des cicatrices qu'elle porterait jusqu'à sa mort.

Un type passa en trombe et lui frôla l'épaule.

Hoyt tendit la main et saisit le bras du jeune homme si vite que Sully vit à peine le mouvement. Ses yeux froids comme la pierre s'arrêtèrent sur le pauvre homme, qui semblait terrifié.

— Présente tes excuses à la dame.

Sully se figea. *Ne lui fais pas de mal. S'il te plaît, ne lui fais pas de mal.*

— Je suis désolé… vraiment… balbutia-t-il. J'étais… *désolé*.

— Voilà qui est mieux.

Hoyt lâcha son bras et l'homme sortit du magasin en courant.

— Dépêche-toi. Je vais attendre ici.

Elle ouvrit la lourde porte des toilettes pour dames, se réjouissant de savoir que si elle réussissait à s'échapper, Joe Rebel l'enverrait au diable. Mais cette pensée fut rapidement balayée par la réalité de ce qui lui arriverait si elle échouait.

Une femme et un enfant étaient en train de se laver les mains. Sully entra donc dans une cabine et attendit qu'ils partent. Dès qu'ils le firent, elle se précipita hors de la cabine et fit basculer la fenêtre des toilettes pour qu'ils pensent qu'elle s'était échappée par là. Puis elle se précipita dans la troisième cabine. Ses mains tremblaient et elle respirait à grandes bouffées lorsqu'elle grimpa sur les toilettes pour se hisser. Elle se tint en équilibre sur la cloison métallique séparant les deux cabines, utilisant une main pour se stabiliser et l'autre pour soulever la dalle du plafond. Poussant la plaque sur le côté, elle tendit le bras et chercha la barre métallique qu'elle avait repérée au-dessus des troisième et quatrième cabines, lorsqu'elle avait planifié son évasion pour la première fois, il y avait des années de cela. Elle aurait dû s'enfuir ce jour-là, mais elle n'avait pas dit un dernier adieu à Ansel, et elle ne pouvait pas partir sans le faire. Elle ne savait pas que l'occasion de se rendre en ville ne se représenterait pas avant des années. Fatiguée d'attendre, elle avait tenté de s'échapper de l'enceinte en se cachant à l'arrière d'un des camions.

Elle repoussa ces pensées et s'agrippa au métal froid, se hissant dans le comble. Elle prit soin de marcher sur la structure métallique et non sur les autres plaques lorsqu'elle les remit en place. Le poids était plus lourd d'en haut. De minuscules morceaux se détachèrent et tombèrent dans les toilettes en contrebas. Elle remit en place le carreau dans ses supports, mais il atterrit de travers juste au moment où la porte des toilettes s'ouvrit.

Sully retint son souffle.

— Maman, par ici ? demanda une voix d'enfant.

— Non. Celle-là est sale.

La femme tira la chasse d'eau en dessous de Sully et guida l'enfant dans la cabine suivante.

Profitant du fait que la chasse d'eau faisait office de camouflage, Sully redressa prudemment la dalle et rampa à travers les barres métalliques vers l'autre extrémité du bâtiment.

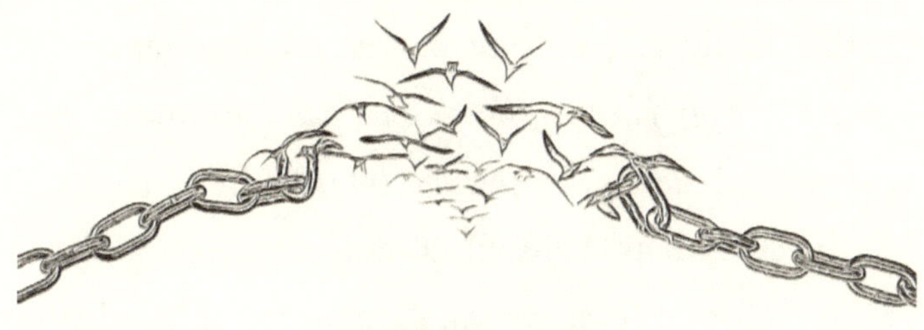

LIBERTÉ

IL FAISAIT CHAUD et sombre dans les combles du Mega Mart, alors qu'elle se hâtait sur les mains et les orteils le long des barres de métal. La jupe serrée autour de la taille, elle se cramponnait aux arêtes métalliques rugueuses, se tenant en équilibre sur les orteils de ses vieilles bottes de cuir et s'aidant de ses genoux lorsque cela s'avérait nécessaire. L'adrénaline l'envahit tandis que les visions de Joe Rebel explosant le plafond se bousculèrent dans son esprit. Une douleur fulgurante lui traversa le genou et elle aspira une bouffée d'air pour ne pas crier. Toujours à quatre pattes, elle regarda son genou et vit un morceau de métal dépasser de sa peau. Se soutenant d'une main et de ses pieds, elle refoula la douleur et l'arracha, tamponnant le sang avec l'ourlet de sa jupe.

— *Sullivan Tate, veuillez vous présenter à l'accueil*, annonça-t-on en bas.

Elle se figea, paralysée par la peur, et ferma les yeux. *S'il vous plaît, ne les laissez pas me trouver. S'il vous plaît, ne les laissez pas me trouver.* Elle imaginait Joe Rebel, furieux, agissant comme un père inquiet – un père dont elle savait qu'il refuserait d'appeler la police, car même s'il avait des relations avec elle, le mauvais policier qui se présenterait au complexe mettrait fin à son règne maléfique – expliquant que sa *fille* était portée disparue. C'est ainsi qu'il désignait toutes les filles du complexe, même s'il *se servai*t de la plupart d'entre elles. Elle déglutit contre la bile qui montait dans sa gorge et resta là, figée sur place, respirant à peine, en équilibre précaire sur les barres métalliques, jusqu'à ce que ses doigts se bloquent et que ses orteils brûlent trop douloureusement pour rester immobiles. Ce n'est qu'à ce moment-là qu'elle se risqua à ramper le long des barreaux vers l'arrière du bâtiment. Son nom retentit à nouveau. Elle tremblait de la tête aux pieds, mais se força à conti-nuer.

Le plafond de dalles se terminait à l'entrepôt, où

les chevrons donnaient sur l'espace de travail en contrebas. Sully se dirigea vers le mur extérieur et se percha sur son arête, à bonne distance de l'entrepôt, afin de ne pas être vue par les ouvriers. Ce qui lui sembla être une heure plus tard, mais qui pouvait être plus ou moins, elle entendit son nom retentir à nouveau dans l'interphone.

Elle ferma les yeux, essayant de calmer son cœur qui battait la chamade, mais ne trouva aucun soulagement. Dans les combles étouffantes, les minutes lui parurent des heures, alors qu'elle se blottissait le long du mur. Le temps qui s'écoulait entre le moment où son nom retentissait dans l'interphone s'étira, jusqu'à ce qu'il s'arrête complètement. Alors que l'après-midi se transformait en soirée, la tension s'emparait de tous les muscles de son corps, et alors que la nuit tombait, elle écoutait avec anxiété le départ du personnel de l'entrepôt et l'arrivée de l'équipe de nettoyage. Son estomac grondait, son corps tremblait et ses muscles étaient douloureux, mais elle resta immobile comme une pierre jusqu'à ce que l'équipe de nettoyage parte et que les lumières s'éteignent, la plongeant dans l'obscurité.

Elle n'osa pas bouger pendant un long moment. Lorsqu'elle s'approcha enfin du bord du plafond et jeta un coup d'œil dans l'entrepôt, elle pouvait à peine entendre le sang qui battait dans ses oreilles tandis qu'elle scrutait l'obscurité. Il n'y avait aucun mouvement, personne en vue. Elle imagina Joe Rebel se cachant comme une panthère attendant de bondir, et la peur lui hérissa les membres. Dehors, les moteurs des voitures tournaient et les pneus crissaient. Elle respira à peine jusqu'à ce que le silence s'installe autour d'elle.

Elle regarda les boîtes en dessous d'elle, se disant d'être courageuse, et pria pour ne pas se casser la jambe en se déplaçant vers le bord de la plate-forme, contemplant les boîtes. Personne ne viendrait la sauver. C'était maintenant ou jamais. Elle se força à attraper le bord d'une barre métallique et à s'y suspendre. Ses pieds pendaient à bonne distance au-dessus des boîtes, elle ferma les yeux et se laissa tomber, atterrissant avec un *gémissement* étouffé. Elle se mit à quatre pattes et se hissa sur le sol en béton. Elle resta là, tremblante, attendant que quelqu'un l'attrape, puis aperçut une sortie. L'espoir monta en elle et elle courut jusqu'à la porte, s'arrêtant net devant le panneau rouge et blanc SORTIE D'URGENCE UNIQUEMENT qui se trouvait de l'autre côté du bar. Elle ne pouvait pas risquer de déclencher une alarme.

Elle sortit de l'entrepôt en courant et pénétra dans le magasin. Ses sens s'aiguisèrent et son cerveau lui joua des tours. L'air semblait pulser autour d'elle tandis qu'elle sprintait vers la zone où se trouvaient les articles de pêche et de chasse. Elle s'empara d'un sac de sport et y fourra des gants, des caleçons longs, une hachette et quelques paquets de nourriture lyophilisée. Elle courut jusqu'à la zone des vêtements pour femmes. Elle n'avait jamais été autorisée à choisir des choses pour elle-même. Ni la nourriture, ni les vêtements, ni quoi que ce soit d'autre. Des vêtements étaient parfois ramenés au complexe pour elles, mais la plupart du temps, elles portaient ce que Sully et les autres femmes fabriquaient. Elle ne savait pas quelle taille elle portait et se contenta de prendre le strict nécessaire, en espérant qu'il lui irait : quelques jeans, des chemises, un pull, des sous-vêtements et des chaussettes. Elle se changea rapidement, se séparant de sa jupe ensanglantée et de sa chemise sale pour enfiler un jeans et un tee-shirt à manches longues. Elle fourra ses vêtements dans le sac et courut vers le rayon alimentaire.

En regardant le véritable festin dans les allées devant elle, elle n'avait aucune idée de ce qu'elle pourrait aimer, alors elle prit des boîtes de crackers et de céréales, des fruits frais, un pot de beurre de cacahuète, un pot de gelée et deux bouteilles d'eau. En courant vers les toilettes, elle passa devant les caisses enregistreuses et envisagea de prendre de l'argent, mais craignant que les caisses ne soient équipées d'alarmes, elle se précipita dans les toilettes pour dames.

La fenêtre était restée légèrement ouverte. Étaient-ils stupides ? La panique s'empara d'elle. S'agissait-il d'un piège ? Joe Rebel attendait-il derrière la fenêtre ? Elle posa le sac de voyage et fixa la fenêtre. Tout ce qu'elle avait à faire, c'était de sortir et de *s'enfuir*. Elle s'agrippa au rebord de la fenêtre et se hissa jusqu'à ce qu'elle puisse voir à l'extérieur. Le parking était vide et il y avait une benne à ordures ouverte sous la fenêtre. Elle redescendit et passa la sangle du sac de voyage autour de son cou. Se relevant, elle s'arc-bouta sur le rebord, fit passer le sac par la fenêtre et se laissa tomber sur le sol des toilettes, l'entendant retomber avec *un bruit sourd*.

Elle tendit l'oreille pour entendre des bruits de pas ou des voix, mais ne rencontra que le silence.

Après quelques minutes éprouvantes, elle remonta sur le rebord et jeta un coup d'œil nerveux par la fenêtre. La nuit était calme. Elle sortit par la petite fenêtre et, lorsqu'elle se laissa tomber sur la benne à ordures, ses cheveux s'accrochèrent et s'arrachèrent de son cuir chevelu. Elle se retint de crier en se levant, jeta la sangle du sac par-dessus sa tête et son épaule, et sortit de la benne à ordures. La peur la tenailla tandis qu'elle sprintait vers le côté du bâtiment. Elle ne pouvait plus faire demi-tour. Elle devait trouver un moyen de quitter la ville.

Elle courut dans les rues sombres et vides et entendit les bruits de l'autoroute. Elle se dirigea dans cette direction et passa devant un coin de rue où se trouvaient deux hommes allongés sur des bancs. Gardant la tête baissée et serrant le sac, elle courut plus vite. Lorsqu'elle fut loin des magasins, la poitrine douloureuse, elle trottina le long de la lisière du bois en direction du relais routier. Dans l'ombre des bois, elle surveillait chaque voiture qui passait, terrifiée à l'idée que Joe Rebel puisse la rattraper.

Elle arriva au relais routier et attendit près des bois. Lorsqu'un énorme poids lourd se gara, elle sprinta jusqu'à la route en agitant les bras. Le camion alluma ses feux, mais elle tint bon, l'obligeant à s'arrêter. Elle se dirigea vers la fenêtre du côté conducteur, tremblant comme une feuille. Une cigarette pendait aux lèvres d'un homme d'une soixantaine d'années, aux cheveux bruns et durs, aux joues mal rasées et aux yeux fatigués chargés de poches. Chaque nerf de son corps brûlait. Elle n'avait aucune idée si ce type était sûr ou non, mais il devait être meilleur que Joe Rebel.

— S'il vous plaît, monsieur, pouvez-vous me conduire à la prochaine ville ? Ma mère est malade et j'ai besoin de rentrer chez moi.

Il la toisa de haut en bas.

— Vous avez des ennuis ?

— Non, monsieur, *s'il vous plaît*. Je ne vous dérangerai pas du tout.

Elle jeta un coup d'œil sur la route, sachant que Joe Rebel ou l'un de ses hommes pouvait passer à tout moment, et se souvint des leçons d'Ansel sur la nécessité d'être forte. *Si tu agis en faible, tu seras faible.* Elle s'était entraînée à être courageuse, même lorsque chaque parcelle de son corps hurlait de peur, et elle mettait ces leçons en pratique maintenant, en redressant les épaules et en levant le menton, soutenant le regard de l'homme.

— J'ai juste besoin qu'on me conduise à la prochaine ville.

Il acquiesça.

— Montez.

L'air s'échappa de ses poumons. Elle courut jusqu'au côté passager et grimpa dans le véhicule, respirant rapidement et difficilement. La cabine sentait la cigarette et le sol était jonché d'emballages de nourriture froissés et de canettes de soda vides.

Elle plaça le sac entre eux, s'asseyant bien droit pour avoir l'air forte.

— Je vous remercie. Ma mère sera contente de me voir.

— Hum-hum.

Le poids lourd s'engagea sur la route avec fracas.

Sully appuya son front contre la vitre, regardant la ville s'éloigner dans le rétroviseur latéral, et pour la première fois depuis… peut-être *jamais*, elle laissa ses épaules se détendre. Elle pensa à Ansel, qui lui manquait déjà, et se demanda s'il était assis au coin du feu ou interrogé par Joe Rebel. Ils avaient répété ce qu'il dirait trop souvent pour pouvoir le compter. Elle savait qu'Ansel ne céderait pas à la pression, mais elle savait aussi à quel point la pression de Joe pouvait être cruelle. Elle se frotta la nuque, se souvenant de la douleur de ses punitions. Elle ne pouvait pas revenir en arrière. Pas cette fois-ci.

— Tu as un nom ? demanda le conducteur.

— Sully, répondit-elle trop vite, regrettant de ne pas lui avoir donné un faux nom.

— Je m'appelle Chester. Chester Finch.

Il lui jeta un coup d'œil rapide et jeta un coup d'œil au sac de voyage avant de reporter ses yeux sur la route.

Elle se rendit compte que les étiquettes étaient toujours sur le sac et sur ses vêtements. *Bon sang.*

— Qu'est-ce que tu fuis ? demanda-t-il.

— Je ne fuis pas. Ma mère est malade.

— Hmm-hmm. J'ai vu des filles plus fortes que toi fuir des trucs.

Il fixa la route.

— Il n'y a pas de honte à fuir.

Elle ne savait pas pourquoi, mais la fuite lui paraissait être une faiblesse. Elle ne *se sentait* pas faible et elle ne voulait pas avoir l'air faible, alors elle garda la tête haute.

— Ouais, eh bien, je ne fuis pas.

Je pars.

Elle se pencha à nouveau contre la fenêtre et dut se laisser bercer par les vibrations du camion car elle se réveilla plusieurs heures plus tard, alors que le jour se levait à l'horizon.

— Où sommes-nous ?

— Kentucky, dit l'homme.

Son rythme cardiaque accéléra et elle se redressa, regardant l'autoroute.

— Je pensais que vous alliez me déposer à la prochaine ville.

— Quelque chose m'a dit qu'il valait mieux que tu sois le plus loin possible de l'endroit où je t'ai récupérée.

Elle se sentit soulagée. Plus elle s'éloignait du complexe, mieux c'était, même si elle savait que si Joe

Rebel voulait la retrouver, il trouverait un moyen. Mais d'une certaine manière, le fait d'être plus loin amplifiait le fait qu'elle était très seule, ce qui apportait une dose de peur. Elle ne connaissait pas cet homme et ne savait pas ce qu'il pouvait lui faire.

— Je m'arrête un peu au bord de l'eau. Je dois me reposer les yeux.

Il prit une sortie et traversa plusieurs routes jusqu'à un grand parking.

— Le plan d'eau est juste en bas. C'est une beauté.

Il fit un signe de tête en direction de la colline. Puis il reposa sa tête en arrière, baissa sa vitre et ferma les yeux.

— Je peux sortir et me promener ?

— Ma grande, tu peux faire ce que tu veux. Mais fais attention.

Elle se sentit un peu mieux. Il n'allait probablement pas la tuer, sinon il l'aurait emmenée dans un endroit isolé et ne l'aurait pas laissée partir seule. Lorsqu'elle descendit du camion, tout son corps était faible et douloureux. Des taches de sang maculaient les genoux de son jean. Ses paumes et ses doigts étaient couverts d'ecchymoses et de coupures. En marchant vers l'eau, elle toucha son cuir chevelu à l'endroit où ses cheveux avaient été arrachés et ses doigts en ressortirent couverts d'une croûte de sang.

Elle s'assit dans l'herbe, incapable de croire qu'elle avait réussi. Elle avait échappé à Joe Rebel.

Elle s'allongea et regarda le soleil levant, respirant profondément. Elle était enfin *libre*. À cette pensée, les souvenirs de sa dernière évasion ratée lui revinrent en mémoire. *Si tu essaies à nouveau de t'enfuir, ce sera la dernière fois que tes jambes fonctionneront.* Elle ferma les yeux pour échapper à la menace de Joe Rebel et au souvenir du fer rouge qui s'enfonçait dans sa chair. Elle ne serait jamais vraiment libérée de lui. Il s'en était assuré.

Une ombre s'abattit sur elle et elle ouvrit les yeux pour découvrir deux hommes qui la fixaient. Elle se redressa, s'aidant de ses talons pour reculer, tandis qu'un sourire sinistre s'affichait sur le visage du plus grand, à l'air gnangnan.

— Regardez ce que nous avons là.

— N'est-elle pas jolie ? lança le plus costaud et le plus chauve.

Merde, merde, merde. Elle se leva d'un bond, trébuchant en arrière alors qu'ils s'approchaient d'elle.

— Cette rive, c'est *chez nous.*

Le plus grand cracha par terre.

— Je suis désolée. Je ne savais pas.

Le chauve lui attrapa le bras et la peur la traversa. Elle lui donna un coup de pied dans l'aine, se libérant ainsi de son emprise, et s'élança vers le camion en criant :

— *Au secours ! Chester ! Au secours !*

L'autre homme lui saisit la cheville et elle tomba la tête la première dans la terre.

Le chauve fut sur elle en quelques secondes, déchirant son jean et arrachant sa propre ceinture tandis qu'elle donnait des coups de pied, des coups de poing et se débattait futilement.

— Tu vas payer pour m'avoir donné un coup de pied, grogna-t-il.

Son copain se mit à rire.

Des coups de feu retentirent, faisant se redresser le chauve. Elle se releva en courant vers Chester, qui se tenait au sommet de la colline, pointant une arme sur les hommes.

— Nous ne faisions que nous amuser, cria l'un d'eux.

Les yeux de Chester ne semblaient plus fatigués. Ils étaient froids et sombres lorsqu'il lui ordonna de grimper dans le camion. Elle courut aussi vite qu'elle le put et l'entendit hurler :

— Tu appelles ça s'amuser ? Je vais te montrer ce qu'est le fun.

Un autre coup de feu retentit.

Sully monta dans le véhicule, pétrifiée, des larmes

coulant sur ses joues. Elle verrouilla la portière et ramena ses genoux sur sa poitrine, se mettant en boule. Lorsque Chester remonta à bord, elle laissa éclater son soulagement.

— *Je vous remercie.* J'avais tellement peur.

— J'ai une petite-fille qui a à peu près ton âge. *Theresa.*

Il posa l'arme sur le tableau de bord et, pour la première fois, Sully remarqua une alliance à sa main gauche. Il la fixa d'un regard sérieux.

— Maintenant, vas-tu être franche avec moi et me dire ce que tu fuis, ou dois-je te suivre jusqu'à ce que je trouve ce que tu fuis ?

Sully ouvrit la bouche pour mentir à nouveau, mais il la coupa.

— Parce que je ne pourrais pas plus te laisser te débrouiller seule que je ne pourrais tourner le dos à ma douce Theresa.

Elle avait peur de lui dire la vérité. Et s'il était l'une des relations de Joe Rebel dont elle avait entendu parler ?

— Eh bien, si c'est ce que tu veux, alors qu'il en soit ainsi.

Il ferma les yeux et pencha la tête en arrière.

La culpabilité la tirailla. Cet homme lui avait sauvé la vie et elle ne pouvait pas être honnête avec lui ?

— Je repars à zéro, dit-elle à voix basse.

Il ouvrit un œil et la regarda.

— Je ne m'enfuis pas vraiment, mais je me dirige plutôt vers quelque chose d'autre.

Il acquiesça.

— Vers… ?

Elle haussa les épaules.

— Quelque chose de mieux.

— Eh bien, jeune fille, c'est déjà un bon début.

— C'est à peu près tout ce qu'il y a, j'en ai peur.

Son estomac gronda.

— Tu as faim ?

— J'ai de la nourriture.

Elle ouvrit le sac de sport et lui montra la nourriture qu'elle avait prise.

— Qu'est-ce que tu as fait, tu as dévalisé un magasin ?

— Non, monsieur.

Il pinça les lèvres et haussa les sourcils.

— Je ne l'ai pas vraiment volé. Je l'ai emprunté.

Ce n'est pas ce qu'elle voulait être. Elle ne supportait pas les menteurs.

— Je l'ai pris. Je suis désolée. Je sais que je n'aurais pas dû.

— Je ne veux pas que tu voles tant que tu es avec moi. Plus d'*emprunts*, entendu ?

— Oui, monsieur. Je n'ai jamais rien volé auparavant. Je le jure.

La voix de Joe Rebel lui trottait dans la tête. *Tu m'appartiens, Sully. Ta vie m'appartient.* Elle déglutit difficilement, réalisant qu'elle avait encore menti à Chester sans le savoir. Elle avait soustrait sa propre vie aux mains d'un homme diabolique – et elle le referait s'il le fallait.

J'espère que vous avez aimé en savoir plus sur la fuite de Sully de Free Rebellion. Afin de suivre ses nouvelles aventures plus heureuses, plongez dans POUR L'AMOUR D'UN WHISKEY (Les Whiskey: Les Dark Knights du Ranch Rédemption).

Lorsque Sullivan Tate s'est échappée d'une secte, laissant derrière elle la seule vie qu'elle n'a jamais connue, elle pensait avoir déjà enduré les pires choses auxquelles elle avait dû faire face. Elle savait qu'elle devait découvrir qui elle était, mais elle ne s'attendait pas à tomber amoureuse de Callahan "Cowboy" Whiskey, un homme surprotecteur et sexy à souhait. Comment peut-elle donner son cœur à un homme qui a toujours su exactement qui il était, alors qu'elle commence à peine à se découvrir elle-même ?

Achetez **POUR L'AMOUR D'UN WHISKEY**

Veuillez noter que vous pourriez aimer lire: THEN CAME LOVE (Les Braden & Les Montgomery) où vous découvrez la sœur de Sully, Jordan Lawler, et Jax Braden. Son histoire se déroule en même temps que la fuite de Sully, juste avant les événements de POUR L'AMOUR D'UN WHISKEY.

Amour sublime, une collection romantique et familiale

Les Braden de Weston
Au cœur de l'amour
Un amour interdit
Notre amitié brûlante
Un océan d'amour
Un amour si puissant
L'amour décidera

Les Whiskey : Les Dark Knights de Peaceful Harbor
Sous l'armure de ton cœur
Comme une étincelle
Fou de désir
En toi, un refuge
Du bonheur à volonté
Amours rebelles
Aime-moi dans mes ténèbres
À nos horizons
À l'état brut

Les Whiskey : Les Dark Knights du Rédemption Ranch
Aime-moi si tu l'oses
Libérer Sully : le préquel de Pour l'amour d'un Whiskey
Pour l'amour d'un Whiskey

Retrouvez Melissa

www.MelissaFoster.com

Melissa Foster est une auteure primée, dont les best-sellers figurent aux classements du *New York Times* et de *USA Today*. Ses livres sont recommandés par le blog littéraire de *USA Today*, le magazine *Hagerstown, The Patriot* et de nombreuses autres revues.

Retrouvez Melissa sur son site web ou discutez avec elle sur les réseaux sociaux. Melissa aime parler de ses livres avec les clubs de lecture et les groupes de lecteurs. N'hésitez pas à l'inviter à vos événements. Les livres de Melissa sont disponibles dans la majeure partie des boutiques en ligne, en version papier et numérique.

Melissa écrit également des romances douces (sans scènes explicites) sous le nom de plume Addison Cole.

Goodies gratuits : www.MelissaFoster.com/Reader-Goodies